Cyfres y Dywysoges Fach
y llyfrau hyd yn hyn:
CHWAER RYDW I EISIAU
GOLCHA DY DDWYLO!
COLLI DANT
NA! DWI DDIM EISIAU MYND I'R GWELY!
DWI EISIAU MAM!

Cyhoeddwyd yn wreiddiol yn Saesneg gan Andersen Press Ltd, 20 Vauxhall Bridge Road, Llundain SW1V2SA.
Hawlfraint: Tony Ross, 2003 ©
Teitl gwreiddiol: *I Want My Mum!*
Cydnabyddir hawl Tony Ross fel awdur ac arlunydd y gyfrol hon dan Ddeddf Hawlfraint, Cynlluniau a Phatentau 1988.
Cedwir pob hawl.

Rhif rhyngwladol: 0-86381-895-1

Cyhoeddwyd yn y Gymraeg yn 2004 gan
Carreg Gwalch Cyf.,
Ysgubor Plas, Llwyndyrys, Pwllheli, Gwynedd LL53 6NG.

Argraffwyd y gyfrol hon yn yr Eidal ar bapur sy'n lân o ddeunydd asidig.

Dwi eisiau Mam!

Tony Ross

addasiad
Myrddin ap Dafydd

Carreg Gwalch Cyf.

Roedd hi'n bwrw glaw ac roedd y Dywysoges Fach
yn brysur yn paentio, ond yna digwyddodd y
Drychineb Fawr . . .

. . . rhoddodd benelin i'r potyn dŵr gan ddifetha'r
llun gorau roedd hi wedi'i wneud erioed.

"Paid â phoeni," meddai'r Forwyn Ferona wrth lanhau'r llanast, "bydd popeth yn iawn."
"DWI EISIAU MAM!" llefodd y Dywysoges Fach.

Daliodd Mam y llun gwlyb domen i fyny.
"Mae hwn yn WYCH!" meddai. "Llun ardderchog
o ddiwrnod glawog."
Gwenodd y Dywysoges Fach.

Pan beidiodd y glaw, aeth allan i chwarae si-so ac yna
digwyddodd y Drychineb Fawr Arall . . .
Cafodd glec i'w phen-glin.

"Dyna ni. Dyna ni," meddai'r Doctor Cwla.
"Mae popeth yn iawn. Mae popeth yn iawn."
Rhoddodd ryw stwff drewllyd arno.
"DWI EISIAU MAM!" criodd y Dywysoges Fach.

Chwythodd Mam ar y boen a rhoi sws i'r
ben-glin ddrewllyd a'i gwneud yn well.
Gwenodd y Dywysoges Fach.

Y noson honno, doedd y Dywysoges Fach
ddim yn medru cysgu oherwydd yr Anghenfil
sy'n byw o dan ei gwely.

"Anghenfil? Pa Anghenfil?" holodd Dad. "Does 'na ddim byd o dan y gwely. Edrych!" Ond feiddiai'r Dywysoges Fach ddim edrych.
"DWI EISIAU MAM!" sgrechiodd.

"Ddarllena i stori i ti ac i'r Anghenfil," meddai Mam.
Gwenodd y Dywysoges Fach. A syrthio i gysgu.

"GAS gen i wyau!" bloeddiodd y Dywysoges Fach amser brecwast.
"Wy i dy wneud di'n fwy!" meddai Llŷr Llwy Bren.
"DWI EISIAU MAM!" nadodd y Dywysoges Fach.

"Hwrê! Wyau deinosor!" meddai Mam. "Dwi wrth fy modd gyda'r rhain."

Gwenodd y Dywysoges Fach. "Hei! Ble mae fy un i?"

Drwy'r bore, roedd rhaid i'r Dywysoges chwarae ar ei phen ei
hun. Galwodd y Forwyn Ferona heibio i chwarae gêmau.
"DWI EISIAU MAM!" meddai'r Dywysoges Fach yn flin.

Daeth Madog y Morwr i mewn i chwarae cychod.
"DWI EISIAU MAM!" chwyrnodd y Dywysoges Fach.

Cynigiodd y Tywysog Bach chwarae gydag unrhyw
beth o dan haul er mwyn ei chadw hi'n dawel.
"DWI EISIAU MAM!" gwichiodd y Dywysoges Fach.

Yn y diwedd, cyrhaeddodd Mam efo'r Newyddion Cyffrous.
"Mae'r Arglwyddes Fach wedi gofyn iti fynd draw i aros
dros nos heno, ac i fwynhau creision a fideo."

Wrth bacio'i bag, dechreuodd y dagrau lifo i lawr
bochau'r Dywysoges Fach.
"Be sy'n BOD?" holodd Mam.

"DYDW I DDIM EISIAU MYND!" wylodd y Dywysoges.
"DWI EISIAU AROS YMA EFO TI A TUDWAL Y TEDI!"
"Ond mae Tudwal a fi yn dod hefyd," meddai Mam.

Yng nghastell yr Arglwyddes Fach, roedd y fideo ymlaen
a sleifiodd Mam am y drws.
"DWI EISIAU M . . ." dechreuodd y Dywysoges Fach . . .

. . . ond roedd y fideo yn ddoniol dros ben
a'r creision yn flasus iawn . . .

Gwenodd y Dywysoges Fach.

Draw yn y Castell Brenhinol, roedd y Frenhines yn
dweud wrth y Brenin Mawr Caradog.
"Mae hi'n cael amser wrth ei bodd, dwi'n siŵr o hynny,"
meddai hi. Yna . . .

"DWI EISIAU FY NHYWYSOGES FACH!"